MIS PRIMERAS PÁGINAS

Título original: *Pippo pettirosso e la neve*

© Francesco Altan
© Edizioni EL, 2006 (obra original)
© Hermes Editora General S. A. U. – Almadraba Infantil Juvenil, 2012
www.almadrabalij.com
Este libro fue negociado a través de Ute Körner Literary Agent, S. L., Barcelona
(www.uklitag.com)

Impreso el mes de septiembre de 2012

ISBN: 978-84-15207-55-9
Depósito legal: B-26.336-2012
Impresión: INO-Reproducciones
Printed in Spain

EL PETIRROJO PIPO Y LA NIEVE

Francesco Altan

Almadraba
INFANTIL | JUVENIL

LA MAMÁ DEL PETIRROJO
PIPO LE DICE:

—VOY A BUSCAR COMIDA.
ESPÉRAME AQUÍ.

—SÍ –DICE PIPO.

PIPO SE ABURRE.

—DARÉ UNA VUELTA POR AQUÍ CERCA –DICE.

PIPO VUELA FUERA DEL NIDO.

EL CIELO ESTÁ GRIS.

CAEN COPOS DE BLANCA
NIEVE.

—¡OH! –DICE PIPO.

—¡NIEVA! —DICE PIPO.

LA NIEVE SE POSA SOBRE
SUS ALAS.

PIPO NO PUEDE VOLAR
Y CAE AL SUELO.

HACE FRÍO.

PIPO CAMINA POR LA NIEVE.

EN LA NIEVE HAY UN
AGUJERO.

PIPO NO LO VE Y CAE DENTRO.

—¡BIENVENIDO! ME LLAMO EMILIA —DICE LA SEÑORA TOPO.

—YO ME LLAMO PIPO. ¡QUÉ CALORCITO TAN AGRADABLE! —DICE EL PETIRROJO.

LA MAMÁ DE PIPO REGRESA
Y SE ENCUENTRA EL NIDO
VACÍO.

SALE A BUSCAR A SU HIJITO
POR EL BOSQUE Y LO LLAMA:

—¡PIPO! ¡PIPO!

EMILIA LA OYE Y DICE:

—TU MAMÁ TE ESTÁ BUSCANDO.

—¿Y CÓMO ME ENCONTRARÁ?
—PREGUNTA PIPO.

—¡TENGO UNA IDEA! —DICE
LA SEÑORA TOPO.

EMILIA COGE UN GLOBO
Y LO PINTA DE AZUL Y ROJO.

EL GLOBO SALE DE LA
MADRIGUERA DE LA SEÑORA
TOPO.

LA MAMÁ DE PIPO LO VE
Y DICE:

—¡TE HE ENCONTRADO,
PETIRROJO PIPO!

HA DEJADO DE NEVAR.

PIPO Y SU MADRE VUELVEN
A CASA.

LA SEÑORA TOPO SE
DESPIDE DE ELLOS.

SE PONE EL SOL.

ES DE NOCHE.

EN EL NIDO HAY UNA MANTA
AMARILLA.

EL PETIRROJO PIPO CIERRA
LOS OJOS Y DICE:

—¡QUÉ CALORCITO TAN
AGRADABLE!

...¡Y AHORA,
A JUGAR!

COMPLETA LOS NOMBRES.

P _ _ O

N _ _ O

T _ _ A

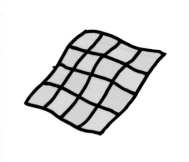

M _ _ _ A

M _ _ Á

C _ _ O

E _ _ _ _ A

T _ _ O

ENTRE LOS COPOS DE NIEVE,
ENCUENTRA EL QUE ESTÁ
TRISTE, LOS DOS QUE ESTÁN
CONTENTOS Y LOS TRES QUE
ESTÁN DORMIDOS.

ENCUENTRA LOS DOS GLOBOS IGUALES.

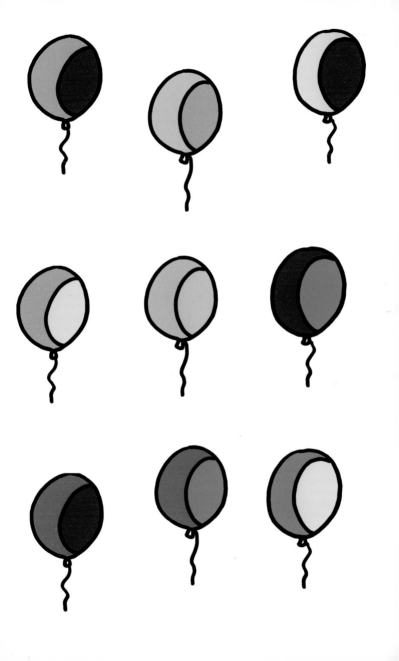

PIPO SUEÑA CON
LA PRIMAVERA.
¿CON QUÉ COLORES SUEÑA?

MIS PRIMERAS PÁGINAS

PUEDES SEGUIR JUGANDO
CON EL PETIRROJO PIPO EN
www.misprimeraspaginas.com

ENTRA Y DESCARGA
LA **FICHA DE LECTURA** Y MÁS
PROPUESTAS DE ACTIVIDADES.